詩經廣詁　小雅

敬躋堂經解

桐城徐璈輯錄

谷風之什第二十

谷風三章

朱穆曰虛華盛而忠信微刻薄稠而純篤稀斯蓋谷風有棄予之歎伐木有鳥鳴之悲絕交論後漢書本傳

蔡邕曰古之交者其義敦以正其誓信以固逮夫周德始衰頌聲既寢伐木有鳥鳴之刺谷風有棄予之怨其所由來政之缺也正交論後漢書朱穆傳注　璈按藝文類聚載宋周祇執友箴曰爰逮姬哀俗遂凋成交緣利昵朋因僞情谷風興哀繁霜夏零道之末盡宏焉由人訿同蔡義繁霜言草木枯落並同徐論矣

將恐將懼

薛君曰將詞也文選甘泉賦注　按將箋訓且辭云詞者不專且義也

棄予如遺

韓詩棄予如〔隤〕　薛君章句曰隤猶遺也文選歎逝賦注

賈公彥曰謂朋友道絕棄如遺忘物周禮地官疏

新序〔弃〕我如遺

習習谷風　無木不萎

徐幹曰〔何〕木不死〔何〕草不萎言盛陽布德之月草木猶有枯落而與時謬者況人事之報應乎中論修本篇引詩

釋文維山崔〔嵬〕

李華曰朋友漸于講習綣情而親于我爲重憂危相急仕進相推望而不從厚實生怨詩云喪亂既平既安且寧美道義相成也又曰將恐將懼維子與汝將

安將樂汝轉棄予哀勢利相傾也故詩有谷風之刺
禮有朋之禁以此防人猶或踰之王交論

蓼莪六章

孔叢子孔子曰於蓼莪見孝子之思養也記義篇
陳忠曰先聖緣人情而著其節制服二十五月是以臣有大喪君三年不呼其門周室陵遲禮制衰廢蓼莪之人作詩自傷後漢書本傳
盧辯曰困于兵革之詩也大戴禮小辨篇注 璈按爾雅哀哀悽悽郭注悲苦征役思所生也即釋此詩之指

蓼蓼者莪
漢魯峻碑蓼蓼者儀隸釋洪适曰儀義字周官注皆音俄陳第曰漢碑如孔耽碑惟蓼儀以恨愴平原相碑感慕詩人蓼蓼者儀衡方碑悼蓼義之劬勞凡引用蓼莪皆作儀義字也

絣之罄矣維罍之恥
陳忠曰絣罄罍恥言己不得終竟子道者亦上之恥也袁崧後漢安帝紀
說文曰瓶之罄矣罄空 又曰絣之罄矣罄器中空也
杜預曰罍大器絣小器常稟于罍者而所受罄盡則罍維無餘故恥之左傳註 何焯曰子無善可稱則爲父母之羞矣
左傳晉范獻子曰今王室實蠢蠢焉吾小國懼矣然大國之憂也詩云云王室之不寧晉之恥也昭公二十四年

鮮民之生
大戴禮鮮民之生矣璈按爾雅鮮罕也寡也鮮民即孟子幼而無父曰孤也又周頌嬛嬛在疚嬛嬛孤特亦鮮意也又左傳葬鮮者是以不得其死者爲鮮此以不得其生者爲鮮也

無父何怙無母何恃

韓詩曰怙賴也恃負也一切經音義爾雅侈怙恃也義疏楚辭註恃怙也說文怙恃也皆轉相訓荀子註侈然恃尊長之貌

又曰夫爲人父者必懷慈仁之愛以畜養其子也文選洞簫賦注

母兮鞠我

一切經音義母兮(掬)我按掬從手蓋保抱攜持義也

昊天罔極

漢書(皞)天罔極鄭崇傳顔注呼皞天者陳已至誠也

盧履冰曰罔極者春秋祭祀以時思之君子有終身之憂也唐書本傳

李善曰寒泉母存也蓼莪父母俱亡也文選懷舊賦注

劉璡曰誦蓼莪而孝子悲御覽六百二十九朱善曰陟岵鵙羽思念于父母尙存之日蓼莪傷感于父母既沒之後故誦其詩使人流涕嗚咽而不能止也

晉書王裒傳裒父儀爲文帝司馬東關之役帝問于衆曰今日之事誰任其咎儀對曰責在元帥帝怒曰司馬欲委罪于孤耶引出斬之裒痛父非命未嘗西鄉而坐示不臣朝廷也母性畏雷每雷輒到墓所曰裒在此及讀詩至哀哀父母生我劬勞未嘗不三復流涕門人受業者並廢蓼莪之篇

水經注河南秦氏性至孝事親無倦親歿之後負土成墳常泣血墓側人有詠蓼莪者氏爲泣涕悲不自勝于墓所病卒今林木幽茂號曰孝子墓洧水篇御覽引幽明錄並同

南史顧歡字景怡吳興人家世寒賤歡獨好學母亡

水漿不入口廬于墓側遂隱不仕歡早孤讀詩至哀哀父母生我劬勞輒執卷慟哭由是受學者並廢蓼莪篇不復講焉本傳

〔大東〕七章

易林賦斂重數政爲民賊杼柚空虛家去其室復之兌

王符曰賦斂重而譚告通潛夫論班祿篇陳鵬飛曰周官小史掌邦國之志故漢汝江沱譚大夫詩皆編入于南雅

白帖大東刺人勞也十六

有饛簋飧

說文曰饛盛器滿貌引詩

後漢書注有〔蒙〕簋飧

周道如砥其直如矢君子所履小人所視

韓詩外傳曰道義不易民不由也禮樂不明民不見也詩云云言其易也言其明也

王符曰如砥如矢言其易也所履所視言其明也故德明而易從法約而易行潛夫論

王逸曰其〔平〕若砥砥石名也楚詞招魂注

趙岐曰底平矢直視比也周道平直君子履直道小人比而則之孟子注

墨子其直〔若〕矢其〔易〕〔若〕〔底〕君子〔之〕所履小人〔之〕所視兼愛篇引周詩

睠言顧之潸焉出涕

荀子〔眷〕焉顧之潸〔然〕出涕宥坐篇後漢書作〔眷〕然顧之楊倞注言失其砥矢之道所以陵遲哀其法度墮壞也

韓詩外傳曰哀其不聞禮教而就刑誅也

杼柚其空

陸德明曰杼盛緯器釋文

釋文杼〔軸〕其空段曰機軸似車軸故同名後人因杼從木而改軸亦從木也

佻佻公子

韓詩〔孅孅〕公子　薛君曰孅孅往來貌文選注王念孫曰孅孅猶若若說文孅孅直好貌廣雅孅孅好貌當在齊魯詩說韓訓往來貌因下有既往既來語緣詞生訓也

陸德明曰佻佻獨行歎息也爾雅釋文璇按方言佻疾也郭註謂輕疾也即詩訓矣

楚詞章句〔若若〕公子九歎註

有洌氿泉

釋文有洌〔厬〕泉段玉裁曰爾雅氿泉仄出說文厬仄出泉也爾雅水醮爲厬說文氿水厓枯土其訓互易

薪是穫薪

樊光曰薪是〔檴〕薪陸云穫從木傍荆州曰柞木采木詩人不曉

薪意言薪謂身即伐之也爾雅采薪即薪注釋文

哀我憚人

白帖哀我〔癉〕人癉勞也二十八爾雅註同

粲粲衣服

韓詩〔采采〕衣服　薛章句曰采采盛貌文選劉鵰賦注

舟人之子

詩說曰國語禿姓舟人則周滅之韋昭注舟人國名韓詩外傳文王舉太公于舟人詩錦曰韋注云舟人詩作于齊王之世蓋指國滅之後也

鞙鞙佩璲

御覽䋌〔䋌〕珮璲 爾雅作〔琄琄〕

跂彼織女

說文曰跂彼織女跂頭也 段玉裁曰織女三星成三角故不正也

終日七襄

韓詩薛章句曰襄反也 文選顏延之詩注

王逸賦曰帝軒龍躍庶業是創俯系聖思仰攬三光

悟彼織女終日七襄爰制布帛始垂衣裳 御覽八百二十五

不以服箱

韋昭曰服牛車也 齊語注引詩戴侗曰說文以箱爲服詳詩意服如服盬車上太行之服

文選注曰服服轅也箱大車也 思元賦縶騕褭以服箱舊註訓善註引詩

文選注不〔可〕〔以〕服箱 思元賦李註按不可與下南箕北斗一例箋云不可用是本有可字也

東有啟明西有長庚

韓詩曰太白晨出東爲啟明昏見西爲長庚 史記天官書集解

孫炎曰晨出高三丈昏見高三舍 史記集解

徐堅曰時或歲星太白也或時昏見于西或時晨出于東詩人不知則名曰啟明長庚矣 初學記 鄭樵曰啟明金星長庚水星

大戴禮東有〔開〕明 爾雅作〔宣〕明

不可以簸揚 不可以挹酒漿

韓詩外傳曰磐石千里不爲有地愚民百萬不爲有民詩云云言有位無其事也 惠氏詩說杵星糠星皆在箕前故以簸揚言天廚酒旗星皆近斗故以酒漿言詩人不輕下一語也

施士丐曰言不得其人也 嘉話拾遺

維南有箕載翕其舌

詩緯曰箕爲天口主出氣箕有舌象讒言（史記天官書引詩索隱）

宋均曰箕以斂揚調弄爲象（史記注）

玉篇曰載吸其舌吸引也

（惡周幽王以箕爲後宮妃后之位斗爲人君號令之主南箕北斗刺后與王也）

楊震疏曰大東不興于今勞止不忍于下（後漢書本傳）

四月（八章）

孔叢子孔子曰於四月見孝子之思祭也（記義篇）

韓詩曰歎征役也（讀詩記）

徐幹曰四月之篇行役過時作詩怨刺（中論譴交篇）

杜預曰四月詩行役踰時思歸祭祀（左傳文公十三年注）

先祖匪人

王楙曰言先祖不以爲人乎何忍使我當此亂世（野客叢書）

左傳正義先祖非人

百卉具腓

韓詩百卉俱腓 薛君章句曰腓變也俱變而黃也（文選謝靈運詩注）

藝文類聚百草具腓 玉篇百卉具痱（按文選謝靈運詩李注曰痱病也今本作腓蓋韓家作腓毛訓病宜作痱也）

亂離瘼矣奚其適歸

左傳君子曰亂離瘼矣爰其適歸歸于怙亂者也夫

杜注離憂也爰于也言禍亂憂病于何所歸乎（宣公十二年）

韓詩亂離斯莫爰其適歸 薛君章句曰莫散也（文選騷注詩任昉表注）

（新經義曰亂出乎上而受患常在下及其極也乃適歸其所出矣 困學紀聞）

劉向曰亂離斯瘼爰其適歸此傷離散以爲亂者也說苑

家語奚其適歸華陽國志引同亦三家字也集傳本从之

說苑孔子曰荆之地廣而居狹民有離志焉詩云云

侯栗侯梅

白帖惟栗惟梅九十九

廢爲殘賊莫知其尤

列女傳曰言忕于惡不知其爲過也續傳引詩

南國之紀

風俗通南北之紀璥按漢在北江在南故云南北之紀紀詩人盍從事于江漢間也

匪鶉匪鳶翰飛戾天

說文曰匪鷻匪鳶鷻雕也

廣韻曰匪鷲匪鳶鷲鳶之別名釋文鳶鴟也

匪鱣匪鮪潛逃于淵

王肅曰以言在位非雕鳶也何則貪殘驕暴高飛至天

時賢非鱣鮪也何爲潛逃以避亂正義

孫毓曰貪殘之人而居高位不可得而治賢人大德而

處濟遁不可得而用上下皆失其所是以大亂異同評正義

君子作歌維以告哀

晉書摯虞曰挽歌因唱和而爲悽愴之聲亦足以感

衆雖非經典所載是歷代故事詩稱作歌告哀以歌

爲哀亦無所嫌禮志太平御覽

左傳文公十三年公如晉鄭伯會公宴于棐子家賦

鴻鴈季文子賦四月

北山六章

孟子曰是詩也勞於王事而不得養父母也

偕偕士子

說文曰偕偕彊也一曰俱也 引詩

溥天之下莫非王土率土之濱莫非王臣

左傳楚芋尹無宇曰天子經略諸侯正封古之制也封略之內何非君土食土之毛誰非君臣故詩曰普天之下云云天有十日人有十等下所以事上上所以勞神也 昭公七年

漢書王莽傳率土之賓 說文率土之頻

國策溫人之周周不納客對曰主人也問其巷而不知也君使人問之對曰臣少而誦詩云云今周君天下則我天子之臣也而又爲客哉 周策 御覽引韓子同

呂氏春秋曰舜之耕漁其賢不肖與天子同其未遇時也以其徒屬掘地取利其遇時也登爲天子賢士歸之萬民譽之舜自爲詩曰普天之下莫非王土率土之濱莫非王臣所以見盡有之也盡有之賢非加也盡無之賢非損也時使然也 慎人篇 璈按此以普天之下爲舜詩與墨子載不識不知二句爲堯時詩同豈古有是四語北山詩人乃循汎之耶

大夫不均我從事獨賢

左傳曰詩云云言不讓也 襄公十三年

孔叢子曰我從事獨賢勞事獨多也 小爾雅

杜預曰王役使不均故從事者怨恨稱已之勞以爲獨賢無讓心 左傳注

旅力方剛

[illegible]

書與之賢非眞也時使祭也[illegible]人論一[illegible]

之賢與王臣所以見盡有之也[illegible]有之賢與所也

之[illegible]曰普天之下莫非王土率土

[illegible]

之臣也

[illegible]

下天有十日人有十等下所以事上上所以事神之

[illegible]

一日根也

李賢曰旅陳也後漢書註力也大雅靡有旅力孔廣森曰旅力猶論語陳力言無有肯陳力者
也

一切經音義旅力上強引方言郭注

或燕燕居息或盡瘁事國

左傳晉伯瑕曰事序不類官職不則同始異終胡可常
也詩曰或燕燕居息或憔悴事國其異終也如是昭公七年

經義述聞曰鄭注小司寇亦作或憔悴事國蓋三家詩有作憔悴者憔亦盡也

漢書或宴宴居息或盡顇事國

考文或燕燕以居息或盡瘁以事國陳樹華曰石經亦有兩以字

或不知叫號

匡謬正俗曰或燕以下句句相韻叫號猶言喧呼自恣
耳徐仙民音號爲呼到反非也

釋文或不知詔號

或棲遲偃仰

釋文或棲遲偃卬

無將大車三章

荀子曰無將大車言無與小人處也大略篇

易林大輿多塵小人傷賢井之大有

祇自疧兮

趙佑光曰此即多我覯痻之痻顧絳曰劉彝以爲當作疷病也唐人避太宗諱凡字從民者多省而爲氏如昏之爲昬其遺法也段玉裁曰爾雅說文疷病也張衡賦思百憂以疾疢與疷音近疷合塵猶漢志紙氏讀如權精也

無將大車維塵冥冥

韓詩外傳曰春樹桃李夏得陰其下秋得食其實春樹

蒺藜夏不可採其葉秋得其刺焉詩云云所樹非其人也瓛按外傳此語是韓家亦同序說也

荀子曰君人者不可以不慎取臣匹夫者不可以不慎取友詩云云大略篇

楊倞曰將猶扶進也塵冥冥蔽人目明令無所見與小人處亦然也荀子注

維塵雝兮

釋文維塵(壅)兮

魏志趙王幹通賓客爲有司所奏賜書誡之曰詩著大車維塵之戒本傳

小明 五章

狄仁傑疏曰越磧踰嶺分兵防守行役旣久怨曠亦多

昔詩人云云豈不懷歸畏(彼)罪罟念彼(恭)人涕零如雨此則前代怨思之辭也文粹二十七歐陽修曰詩述征行勞苦畏于得罪不敢懷歸詩本義

至于艽野

顧野王曰遠荒之野曰艽玉篇引詩

念彼共人 畏此罪罟

桓寬曰古者行役不踰時春行秋反秋往春來寒暑未變衣服不易固已還矣今則徭役極遠盡寒苦之地危難之處今茲往而來歲還父母延頸而西望男女怨曠而相思故一人行而鄉曲恨一人死而萬人悲詩曰念彼恭人云云鹽鐵論執務篇

日月方除

葉酉曰爾雅十二月爲涂涂與除同此自二月至歲暮載離寒暑之候也

歲聿云暮

孔穎達曰采蕭穫菽是九月事云歲暮者言過此則歲將暮耳 顧棟高曰九月爲歲暮十月爲歲除是周以十一月爲歲首也 陸游曰閏以冬至前一日爲冬住太平廣記唐以冬至前一日爲除夜詩曰月其除除音女慮反則所謂冬住者冬除也

憚我不暇

釋文（癉）我不暇

睠睠懷顧

韓詩（眷）眷懷顧 文選登樓賦謝惠連詩陸機詩注

自詒伊戚

左傳自詒伊（慼） 詩小學曰傳伊慼本作（繄）箋繇此于雄雉蒹葭東山皆訓伊爲繄也今作伊俗改

靖共爾位正直是與

鄭康成曰靖治也言敬治汝位之職事正直之人乃與爲倫友 禮記注

呂覽（靜）（恭）爾位 有度篇 韓詩外傳同

神之聽之式穀以女

鄭康成曰式用也穀祿也言神聽女之所爲用祿與女 禮記注 按靖傳訓謀穀箋訓善此注不與之同者蓋用韓魯義也

表記子曰事君不下達不尙辭非其人弗自小雅云云 靖共爾位四句

無恆安息

漢書無（常）安息 董仲舒傳

靖共爾位好是正直神之聽之介爾景福

左傳叔孫穆子曰恤民爲德正直爲正正曲爲直參和

爲仁如是則神聽之介福降之襄公七年

董仲舒曰正直者得福也不正者不得福此其法也春秋繁露引詩

杜預曰神明順之致大福左傳注

楊倞曰好正直之道則神聽而助之荀子注

緇衣子曰有國家者章善癉惡以示民厚則民情不貳詩云靖共爾位好是正直何楷曰此引詩爲愛好正直之意又一說也

鼓鐘 四章

中候握河紀注曰昭王時鼓鐘之詩所爲作孔穎達曰依三家爲說也 王應麟曰此韓詩也 瑯按此篇序以爲刺幽王孫毓云未知幽王曷爲作先生之樂于淮水之上歐陽修曰書史無幽王東巡淮水之事蓋皆不信序說也今以握河紀注考之則是昭王流連于淮水之上而作南音從行大夫憂之而作鐘琴笙磬賦其樂也淮水三洲紀其地也淑人君子引之常道也古之君子審聲知

音審音知政流連淮水樂以忘憂濟漢膠船事有所兆此聞樂者所由憂心傷悲發乎忠愛而不能已也其詩之作蓋去南征不復無幾時矣且二雅之詩序以爲刺幽者三十有九昭王之時獨存此篇箋疏仍廢二家而從序說亦爲偏徇矣

王應麟曰鼓鐘昭王之時作玉海三十八 瑯按竹書紀年昭王十六年伐楚十九年伐楚喪六師于漢王陟水經注昭王南征渡沔中流而沒則昭王之時兩伐楚淮接楚壤逾淮而後渡漢沔也 郝敬曰是役也未必無朝會而詩但言鼓鐘淮水以諷其荒樂遠游無復修先王之禮也 鄒忠允曰楚澤膠舟王靈斯替識者已于淮上之游卜宮聲之無旋焉記曰樂不可極樂盡哀來大夫憂之而賦鼓鐘有先見矣

鼓鐘伐鼛

淮南子鼛鼓而食 高誘注鼛鼓王者之食樂也詩云鼓鐘伐鼛主術訓 瑯按此以鼛爲侑食所奏之樂于篇義爲當不必如周官鼓人之所用也

孫愐曰鼛役事車鼓長二丈廣韻引詩

周禮注鼓鐘伐臯

憂心且妯

廣韻曰妯悼也引詩

說文曰憂心且怞怞朗也璈按方言妯擾也人不靜曰妯郭註謂躁擾也字宜从心矣

一切經音義憂心且陶段若膺曰此當是三家詩憂心且妯之異文

笙磬同音

五經要義曰磬立秋之樂也初學記十六 熊朋來曰古者堂上樂皆受笙均堂下樂皆受磬均特舉笙磬見堂上下之樂皆和也 璈按淮南子曰叩宮而宮應叩角而角動此同音之相應也蓋五聲宮商以類相應故笙磬異器而同音據虡異物而相和也

以雅以南以籥不僭

韓內傳曰王者舞六代之樂舞四夷之樂大德廣之所及文選魏都賦注

韓詩曰聞其宮聲使人溫厚而寬大聞其商聲使人方廉而好義隋書樂志

薛君曰南夷之樂曰南四夷之樂唯南可以和于雅者以其聲音及籥不僭差也後漢書陳禪傳注

陳禪曰古者合歡之樂舞于堂四夷之樂陳于門故詩曰以雅以南韎任侏離後漢書本傳 李賢注毛詩無韎任侏離之文蓋見齊魯之詩也 程大昌曰南即二南之南樂以爲四夷之南樂者鄭本于頌命說也

應劭曰籥竹管三孔所以和衆聲也風俗通引詩

劉炫曰南如周南之南六經奧論引述義 程大昌曰季札觀樂有舞象箾南籥者象頌之維清也箾雅也南籥二南之籥也又文王世子胥鼓南則南之爲樂古矣

孫鑛曰此篇四章之義明皆正聲之和無淫樂在其

間也正義

詩義折中曰鼓鐘之作與祈招同旨蓋穆王時詩也

陸奎勳曰此穆王之詩左傳穆有塗山之會塗山乃淮南之地竹書伐越伐餘戎至九江皆淮南北之地又穆天子傳爲盛姬謚曰哀淑人征于漯水祭淑人是日祭邱則淑人固有所指而憂心傷懷亦非泛詞也

楚茨六章

鄭曉曰詩言公卿力田修祀而祀禮之儀節因之可考

楚楚者茨

王逸曰楚楚者薋薋蒺藜也楚詞注

禮記注楚楚者薺呂祖謙曰薺蒺藜也康成時字猶作薺不作茨也

我蓺黍稷

鄭康成曰蓺猶埶也周官註引詩

說文曰我埶黍稷埶種也持而種之說文無蓺字

濟濟蹌蹌

陸德明曰濟濟大夫之容也蹌蹌士之容也釋文

以往烝嘗

王肅曰不言祠礿者舉盛言也正義

或肆或將

釋文曰肆解肆也璥按傳訓陳如字陸謂解肆讀如周官大祭祀奉牛牲羞其肆之肆他歷反也

祝祭于祊

說文曰祝祭于鬃門內祭先祖所徬徨也爾雅閍謂之門郭註引詩

義疏曰閍廟門也

君婦莫莫

薛君章句曰寂無聲之貌莫靜也文選西征賦注按詩無寂莫之文姑繫

于此

禮儀卒度笑語卒獲

鄭康成曰獲得也言在廟中者不失其禮義皆歡喜得其節也禮記註李光地曰笑語卒獲即記思其笑語之意祭之時如在其上也

楊倞曰有禮動皆合宜也荀子禮論篇注

坊記子云七日戒三日齋承一人焉以為尸過之者趨走以教敬也醴酒在室醍酒在堂澄酒在下示民不淫也尸飲三衆賓飲一示民有上下也因其酒肉聚其宗族以教民睦也故堂上觀乎室堂下觀乎上詩云云

荀子曰故人無禮則不生事無禮則不成國家無禮則不寧詩云云此之謂也修身篇

韓詩外傳禮〈義〉卒度張晬曰周官肆師注古者書儀但為義今時所謂義為誼

苾芬孝祀

韓詩〈馥〉〈芬〉孝祀　薛章句曰馥香貌也文選蘇武詩注盧文弨曰一切經音義引云馥香氣也瑯按廣雅馥馥芬芬香也即申韓義也

王肅曰執事已整齊已極疾已誠正已固慎也正義

既齊既稷既匡既敕

釋文既〈筐〉斷〈 〉瑯按箋報之禮視取黍稷牢肉宰夫授之以筐殆屬韓魯家訓又祝釋報辭以敕之廣雅云敕進也是箋義也

神具醉止皇尸載起

班固曰坐尸而食之毀損其饌欣然若親之飽尸醉若神之醉矣詩云云白虎通通典引

鼓鐘送尸

荀萬秋曰〈鐘〉鼓送尸者周禮尸出于廟門拜尸不顧宋書

禮志

神保聿歸

沈約曰神保遹歸歸于天地也神有去來則有迎送宋書禮志

子子孫孫勿替引之

韓詩外傳曰喪祭之禮廢則臣子之恩薄臣子之恩薄則背死忘生者衆詩云云

儀禮少牢禮勿替引之鄭注古文替爲袂袂或爲臷臷替聲相近錢大昕曰袂當爲秩之譌說文引詩秩秩作臷臷是秩與臷通又引書平秩作平豑則秩有弟音故與替聲相近也

信南山六章

張耒曰原隰治田廬修雨雪時而後及于祭祀禮樂之事也

維禹甸之

韓詩維禹敶之周官注疏鄭康成曰敶讀曰乘周禮注賈公彥曰韓詩敶是軍陳故訓爲乘甸出車一乘可以爲軍故曰乘周官疏

畇畇原隰

周禮注畇畇原隰賈公彥曰畇畇是均田之意周禮疏

釋文眴眴原隰瓛按畇從旬旬均也井田之制齊衆寡同遠近故曰均也

我疆我理南東其畝

左傳成公二年晉師敗齊師于鞌使齊之封內盡東其畝齊人曰先王疆理天下物土之宜而布其利故詩曰我疆我理南東其畝今吾子疆理諸侯而曰盡東其畝而已唯吾子戎車是利無顧土宜其無乃非先王之命

乎惠周惕曰南者從東者横畝南溝洫在北畝東溝洫在西一從一横兩畝分兩從兩横而井成也

上天同雲雨雪雰雰

韓詩曰凡草木花多五出雪花獨六出者陰極之數也

雪花曰霙雪雲曰同雲自上而下曰雨雪藝文類聚

徐堅曰同雲謂陰雲竟天同爲一色初學記引詩

益之以霢霂

徐鍇曰霢若人之血脉流徧又如沐之霑濡也說文繫傳引詩

既優既渥

說文曰既瀀既渥瀀渥多也

疆場翼翼

衆經音義畺場翼翼周禮載師疏引畺場有瓜亦作畺

中田有廬疆場有瓜

高誘曰言無休廢也呂覽孟春紀引詩注

韓詩外傳曰古者八家而井田九百畝家爲公田十畝廬舍各得二畝半八家相保出入更守疾病相憂患難相救有無相貸飲食相召嫁娶相謀漁獵分得仁恩施行是以其民相親而相好詩云云

讀詩記引後漢注井田計人受田廬舍在內貴人也公田次之重公也私田在外賤私也

取其血膋

說文曰取其血膫膫牛腸脂也

苾苾芬芬

廣韻曰苾香也引詩

祀事孔明

御覽祀事孔彰

萬壽無疆

漢白石神君碑萬壽無疆（隸釋）

谷風之什十篇五十四章

桐城徐璈輯錄

甫田之什第二十一

甫田　四章

嚴粲曰甫田述祈報省耕之事

倬彼甫田

韓詩曰菿彼甫田菿卓也　釋文爾雅疏同　王應麟曰爾雅釋詁箌大也郭注云箌義未聞豈未見韓詩耶　嚴可均曰玉篇作菿從草釋文作箌從竹爾雅正文及注疏並從竹　徐氏曰說文廣韻無箌玉篇竹部有之云捕具也又作罩說文草部菿字注草大也據此則韓詩本作菿字可知

歲取十千

王肅曰太平之時天下皆豐故不繫之于夫井不限之于斗斛要言多取田畝之收而已　正義　張載曰一成之田九萬畝公取十千畝九一之法也　嚴粲曰百取其十萬取其千什一之法也

孫毓曰言所有大田皆有十千之收推而廣之以見天下皆豐也　正義

我取其陳食我農人

孫毓曰一家之中尊長食新農夫食陳老壯之別孝養之義也　正義　璈按漢書文帝詔曰今聞吏廩當受鬻者或以陳粟豈稱養老之意哉老者不食陳周漢之制也

或耘或耔黍稷薿薿

漢書或芸或芓黍稷儗儗　班固曰芸除草也耔附根也言苗稍壯每耨輒附根比盛暑隴盡而根深能風與旱故儗儗而盛也　食貨志引詩　志曰后稷始甽田以二耜為耦廣尺深尺曰甽長終畝一畝三甽一夫三百甽而播種于三甽中苗生葉以上稍耨隴草因隤其土以附苗根故其詩云云

沈重曰耔壅禾根也通作芓集韻

張銑曰耔養苗也文選注引詩

藝文類聚黍稷薿薿　說文黍稷𥝌𥝌

攸介攸止

薛君章句曰介界也文選魏都賦注

以我齊明

五經文字曰以我齍明或作粢禮記諸經皆借齊爲之

以御田祖以祈甘雨

顏師古曰田祖稷神言設樂以御祭于神爲農祈甘雨也漢書郊祀志注

曾孫來止以其婦子饁彼南畝

王肅曰曾孫親循畎畝勸稼穡也農夫務事使其婦子

並饁饋正義　呂祖謙曰此言省耕之時也

田畯至喜攘其左右嘗其旨否

王肅曰田畯之至喜樂其事教農以閒暇攘田之左右除其草萊嘗其氣旨土和美與否也正義　孔廣森曰方言饁食忽言除萊文次不倫按曲禮左右攘辟鄭注攘古讓字此亦疑同讓其左右言農夫各以其食讓與左右鄰幷借耕者嘗其家人所作羹飯孰旨孰否也于此一言見民饒于飲食漸于禮讓焉　璈按漢志堯之克攘盛揖攘之容讓皆作攘與詩同也

說文繫傳田畯至饎釋文田俊至喜

曾孫之庾

韋昭曰庾露積也周語

黍稷稻粱

陸德明曰詩言黍稷稻粱禾麻菽麥爲八穀禮記釋文

說苑晉文公反國舟之僑爵祿不與舟之僑陳辭于

晉文公文公躩然欲與之爵祿舟之僑曰天油然作
雲沛然下雨則苗草興起莫之能禦今爲一人言施
一人猶爲一塊土下雨也土亦不生之矣遂去文公
爲之誦甫田之詩復恩篇　璥按說苑載此事與介之推緜上之封連類而及則是此詩爲王朝卿士之受爵于朝者亦受地于野而世保其田祿也十千箋謂一成之數是王朝卿士之采地社爲成羣之置方列七祀之中是卿士之所宜祭烝髦士者鄉老鄉大夫均有進賢能之禮也農夫者佃世田之耕畯田畯者司采賦之嗇夫曾孫者則受采地之嗣孫篇中屢言我皆曾孫自謂也舟之僑從亡反國而不得與古之世祿者比故文公爲之詠是詩也

四章

〔大田〕曹粹中曰甫田逑省耕大田逑省斂　范家相曰韓外傳以篇中興雨爲大平之風雨則詩非刺時矣

以我覃耜

爾雅注以我〔剡〕耜懿行曰三家作剡毛假借覃

俶載南畝

陸德明曰俶始也載事也釋文　箋云俶讀爲〔熾〕載讀爲〔菑〕

播厥百穀

王逸曰播種也楚詞注引詩

不稂不莠

說文曰不〔蓈〕不莠禾粟之莠生而不成者謂之童蓈也

去其螟螣

唐公房碑去其螟〔蟘〕隸釋　釋文螣一作〔蚮〕說文作蟘

田祖有神

鄭康成曰田主田神后土田正之所依也詩人謂之田祖周官注

秉畀炎火

鍾離意曰言君臣相濟上下同憂也 本紀 後漢顯宗明帝

而役私諸云云 食貨志 漢書

班固曰先王制土處民富而教之民皆勸功樂業先公

而後私 公田遂及我私

但以班詩爲證蓋書皆可疑乎 但則漢以前本皆作興雲顏氏 盡文瑞日金石錄載無極山碑曰興雲祁祁雨我公 家訓跋曰按藝文類聚引句亦作興雲是唐宋爲雲也 顏氏

誤耳班固靈臺詩云習習祥風祁祁甘雨此其證也

顏之推曰詩已是雲何須復曰興雲祁祁耶雲當爲雨俗寫

漢書有〔渰〕〔淒〕〔淒〕 文釋 白帖有〔渰〕〔淒〕〔淒〕

許慎曰淒雨雲起也 也說文引詩 渰雨雲貌淒淒寒風雨極

言英英祁祁白猶白雲也 雲英英

也陰陽和時雨祁祁然不暴疾也 下王無逸 云興言雨此詩言 日裁與

毛詩經解 詩經唐詰 小雅甫田之什 四

呂氏春秋有〔渰〕〔淒〕〔淒〕興〔雲〕祁祁 蕭瑾 高誘注渰陰雲

黍雨明矣 作淒 按廣雅淒淒寒也 合陰雲合象也韓

韓詩外傳曰有〔渰〕〔淒〕〔淒〕興〔雲〕祁祁以是知太平無飄風

有渰萋萋興雨祁祁

下者不可勝紀 本傳 姚崇

州刺史倪若水行其法獲蝗一十四萬石投汴渠流

出火夜中設火火邊掘坑且焚且瘞除之可盡時汴

遂又曰蝗既解飛夜必赴火夜中設火火邊掘坑且焚且瘞

彼蟊賊以付炎火此除蝗之義也蝗既解畏人易驅

舊唐書開元四年山東蝗蟲大起姚崇奏曰詩云〔秉〕

陸德明曰秉執持也卑與也 文釋

韓詩曰〔丁〕旱炎火千華也 文釋

高誘曰古者井田十一而稅公田在中私田在外民有禮讓之心故願先公田而及私也 呂覽注引詩

趙岐曰言太平時民悅其上願欲天之先雨公田遂以及我私也 孟子注

蕭望之曰古者臧于民不足則取有餘則與詩云爰及矜人哀此鰥寡上惠下也又云雨我公田遂及我私下急上也 漢書本傳

此有不斂穧

崔集注此有不斂莒 讀詩記遺穧一作穧拾

彼有遺秉此有滯穗伊寡婦之利

坊記云云君子不盡利以遺民詩云云故君子仕則不稼田則不漁食時不力珍

韓詩外傳曰詩云云是以貧窮有所歡而孤寡有所措其手足也

桓寬曰古之仕者不稼田者不漁抱關擊柝皆有常秩不得兼利盡物如此則愚知同功不相傾也詩云云言不盡物也 鹽鐵論錯幣篇

瞻彼洛矣 三章

韎韐有奭

孔穎達曰此諸侯世子未爵命之服 禮記王制疏

白虎通曰世子上受爵命衣士服何謙不敢自專也詩曰韎韐有艳世子始行也 爵篇 璈按此蓋魯詩箋三章均以世子言亦循用魯說也

以作六師

賈公彥曰此諸侯世子爲軍將也（周官疏　引詩）

鞞琫有珌

釋文曰鞞或作琕刀室也琫又作䩬佩刀鞘上飾珌又作琕佩刀下飾（惠棟曰說文引禮曰佩刀天子玉琫而珧珌諸侯璗琫而璆珌士珕琫而珧珌所引禮蓋逸禮也此與毛傳所引同少大夫鏐琫而鏐珌一句）

裳裳者華　四章

孔叢子孔子曰於裳裳者華見古之賢者世保其祿也（記義篇　王應麟曰裳裳者華與賢者功臣之子孫世臣與國升降者也）

左之左之君子宜之右之右之君子有之

荀子曰此言君子能以義屈伸應變故也（不苟篇　引詩）

說苑傳曰君子者無所不宜也（王謨曰此引詩傳蓋卽魯詩之傳也）是故

韠冕戒厲立于廟堂之上有司執事無不敬者斬衰裳苴絰杖立于喪次賓客弔唁無不哀者被甲纓冑立于桴鼓之間士卒無不勇者故曰爲左亦宜爲右亦宜爲君子無不宜者（修文篇　按此以廟堂喪戎言亦見左吉禮右凶事之義有同毛傳也）

北史左之右之君子宜之右之左之君子有之（長孫紹遠傳）

維其有之是以似之

杜預曰言唯有德之人能擧似已者也（左傳襄公三年注　何楷曰似說文云象也卽小宛所謂式穀似之也記曰繼世以立諸侯象賢也與孔叢義合）

左傳祁奚請解狐祁午君子謂祁奚于是能擧善矣夫唯善故能擧其類詩云唯其有之是以似之祁奚有焉

桑扈　四章

范甯曰君臣之禮廢則桑扈之諷興穀梁傳注朱謀瑋曰桑扈應候而至喻諸侯時見不違禮也

有鶯其羽

徐爰曰有鸎其羽鸎文章貌文選射雉賦注

詩義疏曰言雖小鳥其羽鶯然有章文選注

白帖鶯文綵也九十四

君子樂胥受天之祜

賈誼曰胥相也祜大福也夫憂民之憂者民必憂其憂樂民之樂者民亦樂其樂與士民若此者受天之福矣新書六

萬邦之屏

眾經音義曰屏隱也蔽也引詩

受福不那

說文受福不儺張晰曰說文引毛那石經魯詩字

兕觥其觩旨酒思柔

韓詩說曰觵五升所以罰不敬觵廓也著明之貌君子有過廓然著明左傳成公十四年疏

左傳兕觵其觩杜預曰觩陳設之貌左傳注

張晏曰飲酒和柔無失禮可罰罰爵徒觩然而已漢書注

孔穎達曰球球然角貌左傳疏引詩

說文兕觵其斛璈按周官閭胥掌其比觵撻罰之事註觵用酒失禮之罰也諸經專作觵詩多作觥

彼交匪敖萬福來求

漢書匪儌匪傲萬福來求五行志師古註謂飲酒者不

儌幸不傲慢則福祿就而求之也

應劭曰言在位者不傲許不倨傲也漢書注臧琳曰交爲敎省敎傲古通漢志所載爲古文當從仲援說也

杜預曰彼之交于事而不惰傲乃萬福之所求左傳注

左傳成公十四年衞侯饗苦成叔甯惠子相苦成叔傲甯子曰苦成叔其亡乎古之爲享食也以觀威儀省禍福也故詩曰兕觥其觩旨酒思柔彼交匪傲萬福來求今夫子傲取禍之道也

又襄公二十七年鄭伯享趙孟于垂隴公孫段賦桑扈趙孟曰匪交匪傲福將焉往若保是言也欲辭福祿得乎

鴛鴦 四章

成伯璵曰鴛鴦于飛陳萬化得所毛詩指說折中曰天子諸侯大婚禮成也

鴛鴦于飛

沈重曰鴛鴦匹鳥止則爲耦飛則爲雙釋文

畢之羅之

高誘曰畢之羅之畢掩網也呂氏春秋注引

戢其左翼

韓詩曰戢捷也捷其噣于左也釋文范家相曰禽鳥之宿皆捷其噣于翼也

摧之秣之

韓詩曰莝之秣之莝委也釋文璈按周官委人掌斂薪芻故芻爲委也

衆經音義曰莝芻也謂斬芻所以養馬者引詩

陸德明曰秣穀馬也釋文

白帖秠之秫之（說文繫傳又引作芻之麩之）

頍弁三章

有頍者弁

鄭康成曰緇布冠無笄者著頍圍髮際結項中隅爲四綴以固冠也項中有繩亦由固頍爲之耳今未冠笄者著卷幘頍象之所由生也滕薛名䈏爲頍（儀禮士冠禮注引詩）

司馬彪曰古者有冠無幘其戴也加首有頍所以安幘（後漢書輿服志引詩）

許慎曰頍舉頭也（說文引詩）

陸德明曰頍著弁貌（釋文）

蔦與女蘿

高誘曰葛與女羅下有茯苓上有兔絲兔絲一名女羅（呂氏春秋季秋紀注　梁處素曰文選注亦引作葛與女蘿　盧文弨曰古本作葛字）

陸德明曰蔦寄生草也爾雅云寓木宛童（釋文）

費鳳別碑樢與女蘿（隸釋）

先集維霰

韓詩曰霰霙也（文選雪賦注　御覽引薛君注同　宋書作霰英也）

韓詩外傳曰凡草木花多五出雪花獨六出雪花曰霙（御覽十二　按今本外傳無此文）

沈約曰花葉謂之英然則霰爲花雪矣草木花多五出雪花獨六出（宋書符瑞志）

郭璞曰先集維霓霓冰雪雜下者故謂之消雪（爾雅雨霓爲消雪註引詩）

劉良曰霰微雪也文選雪賦注引詩

死喪無日無幾相見

韓詩外傳曰明主能愛其所愛闇主必危其所愛詩云云危其所愛之謂也

樂酒今夕

王逸曰樂酒今昔昔夜也楚詞招魂篇注

車舝五章

杜預曰車轄周人思得賢女以配君子左傳昭公二十四年注

德音來括

薛君章句曰括約束也文選劉琨陸機詩注

有集維鷮

薛綜曰雉之健者爲鷮尾長六尺文選西京賦注引詩

辰彼碩女

列女傳辰彼碩女王氏曰辰信也碩大也言信彼大賢之女以善德來教也此蓋魯詩

雖無德于女式歌且舞

杜預曰雖無大德要有喜說之心欲歌舞之式用也左傳昭公二十六年注

高山仰止景行行止

表記子曰詩之好仁如此鄉道而行中道而廢忘身之老也不知年數之不足也俛焉日有孳孳斃而後已

劉向曰言當常嚮爲其善也新序引詩

高誘曰言有高山我仰而止之人有大行我則而行之淮南說山引詩注

許慎曰高山卬止望欲有所庶幾也說文

徐幹曰倦立而思遠不如速行之必至也孤居而願智不如務學之必達也詩云登山仰止景行行止好學之謂也中論治學篇　按曹大家東征賦曰勉仰高而蹈景兮盡忠恕而與人謂仰峻山而蹈明行也蹈踐履之意所云行止也

鄭康成曰景行行止景明也有明行者謂古聖賢也禮記注　羅大經曰景明也謂所行之光明也世俗有景仰景慕之語失其義矣

史記景行嚮止釋文仰止或作仰之行止或作行之

以慰我心

韓詩曰以慍我心慍恚也釋文　臧琳曰慍怨也慰怨聲相近

王肅曰新昏謂褒姒也大夫不遇賢女而後徒見褒姒讒巧嫉妬故其心怨恨正義　又曰慰怨也怨恨之義也釋文　陳啟源曰慰說文兩義一曰安也一曰恚怒也

左傳叔孫昭子聘于宋宋公享昭子昭子賦新宮昭子賦車轄杜注昭子將爲季孫迎宋公女故賦之　昭公二十五年

青蠅　三章

焦贛曰青蠅集藩君信讒言害賢傷忠患生婦人易林豫之困

袁孝政曰魏武公信讒詩人刺之劉子注補傳

營營青蠅

說文曰營營青蠅營營小聲也

徐堅曰讒言傷善青蠅汙白同一禍敗詩以爲興初學記論衛同

止于樊

說文曰止于棥棥藩也

漢書止于〈蕃〉武五子傳又後漢書楊震傳青蠅點素同茲在〈蕃〉

讒人罔極交亂四國

陸賈曰讒言罔極交亂四國衆邪合黨以回人君邦危民亡不亦宜乎新語三史記同

王充曰人中諸毒一身死之中于口舌一國潰亂詩云讒言罔極交亂四國四國猶亂況一人乎故君子不畏虎畏讒夫之口讒夫之口爲毒大矣論衡言毒篇

構我二人

韓詩曰構亂也釋文按聞構以成禍亂也

左傳襄公十四年會于向范宣子數戎子駒支使無與于會戎子賦青蠅而退宣子使即事于會

漢書昌邑王賀即位後夢青蠅之矢積西階東以問龔遂遂對曰詩不云乎營營青蠅止于藩愷悌君子毋信讒言陛下左側讒人衆多如是青蠅惡矣昌邑王傳

又戾太子之亂壺關三老茂上書曰臣聞孝己被謗伯奇放流骨肉至親父子相疑何者積毀之所生也太子困于亂臣寃結而無告不忍忿忿之心子盜父兵以救難自免耳詩云營營青蠅止于樊豈弟君子無信讒言陛下不省察深過太子發盛怒臣竊痛之武帝本紀

晉傅咸青蠅賦曰覽詩人之有造刺青蠅之營營蒸纖芥之微用信作害之不輕旣反白而爲黑恒懷蛆以自盈藝文類聚

唐吳兢疏曰陛下惟餘一弟朝夕左右尺布斗粟之譏不可不慎青蠅之詩良可畏也唐中宗二十四年通鑑

賓之初筵 五章

韓詩曰衛武公飲酒悔過也後漢書孔融傳注

賓之初筵左右秩秩

韓詩注曰言賓客初就筵之時賓主秩秩然俱敬謹也孔融傳注

殽核維旅

蔡邕曰肴(殽)惟旅肴殽食也肉曰肴骨曰殽文選典引注

大侯既抗弓矢斯張射夫既同獻爾發功

顏師古曰抗舉也射夫衆射者也同同耦也獻功獻其發矢中的之功也漢書注

吾邱壽王曰大射之禮自天子降及庶人三代之道也詩云云言貫中也漢書本傳

崔靈恩集注曰一章爲大射二章爲燕射讀詩記王安石曰其湛曰樂各奏爾能則又射矣賓載手仇室人入又則賓主皆善射矣

發彼有的以祈爾爵

家語曰祈求也求中所以辭爵也酒者所以養老所以養病也求中以辭爵者辭其養也禮記射義注

鄭康成曰發猶射也的謂所射之識也爾或作(有)禮記注

衆經音義曰的謂的然明見今射堋中珠子是也引詩

賓載手仇

春秋繁露賓載手(㪺)按說文㪺挹也玉篇酌也士冠禮注勺尊升所以㪺酒也

酌彼康爵

說文酌彼(漮)爵爾雅釋詁漮虛也釋文一作(歑)

威儀反反

韓詩曰威儀(昄)(昄)昄昄善貌釋文郝懿行曰昄爾雅大也玉篇善也韓之昄昄兼二義劉瑾曰酒之爲禍內則喪人之德外則喪人之威儀此詩言德者一而言威儀者五酒誥言德者八

而言威儀者一詩器互相備也

屢舞僊僊

沈約曰宴樂必舞但不宜屢耳譏在屢不在舞也宋書禮樂志　陳暘曰飲酒酬必起舞蓋所以極歡心敘誠意樂飲以舞相屬故漢李陵起舞以屬蘇武王智起舞以屬蔡邕至田蚡灌嬰張磐陶謙皆以屬舞不起生數詩曰屬舞躚躚是屬舞之不可屢常也

釋文屢本作婁　兩都賦劉注屢舞遷遷又作躚躚

威儀怭怭

集韻威儀佖佖說文佖威儀也

載號載呶

韓詩曰不知其爲惡也後漢書孔融傳引詩注

側弁之俄

晏子曰言失德也晏子春秋引詩

說文仄弁之俄俄行頃也

御覽側弁峨峨

屢舞傞傞

晏子曰言失容也引詩

說文曰傞醉舞貌引詩　又曰屢舞婓婓婦人小物也

既醉而出　是謂伐德

晏子曰既醉而出並受其福賓主之禮也醉而不出是謂伐德賓之罪也雜上篇前同

式勿從謂

王肅曰用其醉時勿從而謂之正義

甫田之什十篇三十九章

詩經廣詁　小雅

敬躋堂經解
桐城徐璈輯錄

魚藻之什　第二十二

魚藻　三章

白帖周文有在鎬之樂　御宴類　璈按六帖所引殆出韓家唐書順宗本紀侍宴魚藻宮張水嬉取義由此若如序說刺幽則宮名不之取矣

有頒其首

韓詩曰頒眾貌　釋文

許慎曰頒大頭一曰鬚也　說文引詩

爾雅樊光注有賁其首　書用宏茲賁正義曰釋詁賁大也樊注引蓋三家詩也說文引同

有莘其尾

廣韻曰有鮮其尾魚尾長也　范家相曰頒首見臣侍君宴首嚮于君也莘尾則宴畢而散矣

隋書薛道衡上文皇帝頌帝覽之不悅顧謂蘇威曰道衡致美先朝此魚藻之義　本傳　按煬帝謂道衡陳古刺今有同序義也

采薇　五章

孔叢子孔子曰於采薇見古之明王所以敬諸侯也　記義篇

侯果曰采薇刺幽王侮諸侯也　周易輯解晉

韋昭曰王賜諸侯命服之樂也　晉語注左傳注同　魏源曰此詩魯韓舊義皆以爲盛世朝會之樂章

何錫予之

白虎通何錫與之　考黜篇

荀子曰君子不傲不隱不瞽謹順其身詩曰〔匪〕交匪紓天子所予勸學篇　按此引彼交作匪交與漢志引匪儌匪傲同

樂只君子殿天子之邦

杜預曰殿鎮也謂諸侯有樂美之德可以鎮撫天子之邦左傳襄公十一年注

平平左右亦是率從

荀子曰分不亂于上能不窮于下治辨之極也詩云云言上下之交不相亂也儒效篇引詩

韓詩曰〔便〕便左右便便閒雅之貌釋文

服虔曰平平辨治不絕之貌正義引左傳注

杜預曰便蕃數也言遠人相帥來服從便蕃然在左右左傳注　璇按左右荀子以上下言則右上而左下也韓詩以威儀言則左右爲侍御僕從也此則以君之左

觱沸檻泉

說文觱沸濫泉　槃傳滭沸濫泉

言采其芹

王肅曰泉水有芹而人得采焉王者有道而諸侯法焉正義

載驂載駟

陸德明曰騑馬曰驂釋文

君子所屆

晏子春秋君子所誡晏子翟王子羨臣于景公以重駕嬖人嬰子說之晏子曰詩云載驂載駟君子所誡夫駕八非制也今又重此其爲非制也不滋甚乎用馬數倍淫于耳目不當民務此聖王之所禁也

彼交匪紓

右爲義

左傳襄公十有一年晉侯以女樂之半賜魏絳曰子教寡人和諸戎狄以正諸華八年之中九合諸侯如樂之和無所不諧請與子樂之辭曰夫和戎狄國之福也八年之中九合諸侯諸侯無慝君之靈也二三子之勞也臣何力之有焉抑臣願君安其樂而思其終也詩曰樂旨君子殿天子之邦樂旨君子福祿攸同便蕃左右亦是帥從夫樂以安德義以處之禮以行之信以守之仁以厲之而後可以殿邦國同福祿來遠人所謂樂也

汎汎楊舟

王逸曰楊木名也楚詞注引詩

紼纚維之

韓詩曰纚繫也文選哀策文注　又曰纚筰也釋文

爾雅注紼繂維之

天子葵之

爾雅注天子揆之按傳葵揆也此所引當是傳文

福祿膍之

韓詩曰福祿肶之厚也釋文

優哉游哉亦是戾矣

瑴按廣雅戾善也與吉祥祿慶字同訓此詩言宴錫福祿之事故于章末云亦是善者以申歎美無已之[illegible]也

左傳優哉游哉聊以卒歲正義曰詩與此不同者蓋詩讀有異　陳樹華曰文選秋興賦注引家語孔子歌爲注不引小雅

國語秦穆公燕公子重耳賦采菽子餘使公子降拜

曰公以天子之命服命重耳重耳敢不降拜

左傳昭公十七年小邾穆公來朝公與之宴季平子賦采菽公賦菁菁者莪

漢明帝賜東平王蒼詔曰瞻望永懷實勞我心誦及采菽以增歎息後漢紀

角弓 八章

杜鄴曰人情恩深者其養謹愛至者其求詳夫戚而不見殊豈能無怨此角弓之詩所爲作也漢書本傳

曹植曰恩澤衰薄不親九族則角弓之章刺魏志本傳

應瑒曰慰藉輕于縉縞譏望重于邱山角弓之詩所以爲刺也報麗惠恭書藝文類聚

騂騂角弓

說文曰觲觲角弓觲用角低仰便也董逌曰騂訓色取其調和則當作觲

觲與騂同音　又曰弲弲角弓釋文引今本無此句

翩其反矣

路史䭾其反矣國名紀

爾之教矣民胥傚矣

崔浩曰居上者未能悛改爲下者習以成俗詩云云人君舉動不可不慎北史本傳

白虎通欲民斯效三教篇　潛夫論民斯效矣左傳同

左傳韓宣子之適楚也楚人弗逆楚公子棄疾及晉竟晉侯亦將弗逆叔向曰楚辟我衷若何效辟詩曰爾之教矣民胥效矣從我而已焉用效人之辟昭公六年

此令兄弟　交相爲瘉

坊記子云睦於父母之黨可謂孝矣故君子因睦以合族詩云云

民之無良相怨一方

韓詩曰良善也言王者所爲無有善者各相與于一方而怨之後漢書章帝本紀注 嚴可均曰唐避民字諱經多改民爲人此韓詩以人爲王者則非改字也

劉向曰人而無良相怨一方民怨其上不遂亡者未之有也說苑建本篇 按此亦以人爲王者是魯韓同義也

受爵不讓至于已斯亡

韓詩外傳曰言能知于人而不能自知也嚴可均曰外傳釋已爲自也 蘇轍曰民于受爵不讓之人皆知尤之至于已則亡其非此所爲一方也

劉寶曰受祿不讓至于已斯亡不讓之人憂亡不暇而謂其益國不亦難乎晉書本傳

坊記子云觴酒豆肉讓而受惡民猶犯齒衽席之上讓而坐下民猶犯貴朝廷之位讓而就賤民猶犯君詩云云民之無良四句

如食宜饇

韓詩曰如食饑饇饑我也釋文 璬按饑之爲我雅訓不及蓋從俄音也

毋教猱升木

毛詩草蟲經曰猱獮猴也楚人謂之沐猴老者獮玃其

嗚嗷嗷而悲初學記

雨雪瀌瀌見晛曰消

韓詩曰曣見聿消曣見曰出也釋文 按詩考引韓詩作曣晛

荀子雨雪瀌瀌宴然聿消 楊倞注今詩作見晛宴然

盍聲之誤言雨雪瀌瀌然見日氣而自消喻欲爲善則
惡自消矣非相篇 段玉裁曰宴然廣雅作曣晛煥也
漢書雨雪麃麃見晛聿消 顏注見無雲也聿辭也言
雨雪之盛麃麃然至于無雲日氣始出而雪皆消釋矣
劉向傳 蘇軾曰王族相怨苟有意綏之亦釋然解矣
說文曰曣晴無雲也晛日出也引詩 按此同韓義
陸德明曰瀌瀌雪盛貌釋文
莫肯下遺式居婁驕
荀子莫肯下隧式居屢驕 楊倞注隧讀爲隨屢讀爲
婁婁斂也幽王莫肯下隨于人用此居處斂其驕慢之
患也非相篇 經義雜記毛詩本于荀卿故鄭據之讀遺爲隨
王肅曰婁數也釋文

如蠻如髦我是用憂
韓詩外傳曰出則爲鄉里患入則爲宗族憂言語之暴
與蠻不殊肢體之序與禽獸同節詩云云小人之行也
歐陽修曰夷狄無禮義仁恩也 唐士鍔曰辛有適伊川見被髮野祭者曰不及百年此其戎乎如蠻如髦詩
人憂之而幽王卒死犬戎之難矣 姜炳璋曰司馬氏骨肉相殘索靖指洛陽宮門銅駝曰會見汝在荊棘中
亦詩人用憂之意也
左傳襄公八年范宣子來聘公享之季武子賦角弓
又昭公二年韓宣子來聘公享之季武子賦緜之卒
章韓子賦角弓季武子拜曰敢拜子之彌縫敝邑寡
君有望矣杜注義取兄弟之國宜相親

菀柳 三章

白帖菀柳刺刑罰不平也 四十六

有菀者柳

王逸曰菀盛貌楚詞注引詩

無自暱焉

韓詩曰嫕悅也文選神女賦注嚴可均曰此即暱字注暱當作嫕也王念孫曰廣雅暱病也言王暴虐毋往朝以自取病與下章無自瘵同廣雅訓暱爲病義葢本于三家也

上帝甚蹈無自瘵焉

國策曰上〔天〕甚〔神〕無自瘵〔也〕高誘曰瘵病也言天理甚明如是者必禍患

韓詩外傳曰以聾爲聽以盲爲明以是爲非以吉爲凶嗚呼上天曷維其同詩曰上帝甚〔慆〕無自瘵焉璈按爾雅諵疑也釋文諵本作慆左傳天命不慆注慆疑也聽明是非吉凶悉皆顛亂是疑惑之甚也

一切經音義曰上帝甚〔陶〕陶變也按箋蹈讀曰悼

俾予靖之

釋文畀予靖之按毛作俾爲使此作畀爲付與卽邶風王事適我之意也

于何其臻

潛夫論于何〔不〕臻璈按何不臻箋云何所不至也王引詩當爲三家本又箋云不知其所届似箋本原亦作不也

〔都人士〕五章

緇衣子曰長民者衣服不貳從容有常以齊其民則民德壹詩云云首章六句璈按詩序與此全同董逌曰緇衣公孫尼子作也詩序葢雜出古之遺言

鄭康成曰此詩毛氏有之三家則亡禮記注左傳襄公十四年引詩行歸于周萬民所望服虔注曰逸詩也孔穎達曰今韓詩實無此首章

蔡邕曰行賦曰甘衛門以寧仁兮詠都人以思歸文苑

詩義折中曰東遷之後思西周之人士也詩人蓋及見西都人物之盛化行俗美之由故言之切而思之篤也

狐裘黃黃

鄭康成曰黃衣則狐裘大蜡之服也詩人見而說焉 禮記緇衣注 釋文狐裘〈𧝝〉〈橫〉作 徐本

行歸于周萬民所望

杜預曰忠信爲周言德行歸于忠信爲萬民所瞻望 左傳襄公十四年注

賈子新書狐裘黃〈裳〉萬民之望 齊等篇

左傳襄公十四年楚子囊還自伐吳遺言必城郢君子謂子囊忠將死不忘衛社稷可不謂忠乎詩曰行歸于周萬民所望忠也

我不見兮

釋文曰第二章作不見後三章作弗見一本四章同作不見

謂之尹吉

王肅曰正而吉也 正義 箋吉讀爲〈姞〉尹氏姞氏也

垂帶而厲

孔穎達曰厲是鞶囊裂帛之餘 禮記疏 周西曰懷都人士而屨及冠裳帶佩所謂不復覩漢官威儀也

禮記注垂帶〈如〉厲 內則 孔疏引詩以厲爲〈裂〉 淮南子垂帶〈若〉厲

卷髮如蠆

陸德明曰蠆螫也通俗文云長尾爲蠆短尾爲蠍 釋文

〈采綠〉四章

劉瑜曰天地之性陰陽正紀隔絕其道則水旱爲并詩

云云（引篇內五日爲期六日不詹二句）怨曠作歌仲尼所錄（後漢書本傳）

柳惲詩曰念君方遠游採綠傷遲暮（藝文類聚六十七）

終朝采綠

王逸曰終朝采〔菉〕菉王芻也（楚詞注）

不盈一匊

文選注不盈一〔掬〕

予髮曲局薄言歸沐

羅大經曰國風豈無膏沐誰適爲容小雅予髮曲局薄言歸沐蓋古之婦人夫不在家則不爲容飾其防微遠嫌如此（鶴林玉露）

終朝采藍

藝文類聚終朝〔採〕藍 瑧按趙岐藍賦曰余就偃師道經陳畱此境人皆以種藍爲業藍田彌望黍稷不植偃師陳畱固近東周之壞矣

五日爲期六日不詹

孔晁曰先序家人之情而以行役者六日不至爲過期之喻非止六日也（正義）

王肅曰五日一御大夫以下之制（正義）

考文六日不〔瞻〕 按訓詹爲至義本釋詁此引作瞻文同魯頌瞻見之義蓋亦三家也

言韔其弓

釋文言〔鬯〕其弓 毛奇齡曰韔弢也綸纆褁也狩則弢其弓釣則綸其繩樂府云願郎爲檣折致郎到頭遠蓋詛之也

薄言觀者

韓詩薄言〔覩〕者（釋文）

班婕妤賦曰窈窕姝妙之年幽閑貞專之性符皎日

之心甘首疾之病歌采綠之章發東山之詠望明月而撫心對秋風而掩鏡 文苑二

〔黍苗〕五章

韋曜曰黍苗道邵伯述職勞來諸侯也 晉語注

杜預曰美召伯勞來諸侯如陰雨之長黍苗也 左傳襄二十七年注

芃芃黍苗

徐鍇曰汎汎然若風之起也 說文繫傳

漢碑〔芃〕芃黍苗 隸釋

我任我輦我車我牛我行既集蓋云歸哉

荀子曰仁人在上貴之如帝親之如父母爲之出死斷亡而愉者無他故也其所是焉誠美其所得焉誠大其所利焉誠多詩云云此之謂也 富國篇

淮南子爲商旅將任車高注任載也詩曰我任我輦 道應訓

烈烈征師

杜預左傳注〔列〕列征師 按烈列箋訓威武貌此引作列者當爲行列整齊之義

原隰既平泉流既清

劉向曰本不正者末必倚始不盛者終必衰詩云云故君子貴建本而立始 說苑建本篇

國語秦伯宴公子重耳秦伯賦采菽子餘使公子賦黍苗子餘曰重耳之仰君也若黍苗之仰陰雨也若君實能庇廕膏澤之使能成嘉穀薦在宗廟君之力也

左傳襄公十九年季武子如晉晉侯享之賦黍苗武子再拜曰小國之仰大國也如百穀之仰膏雨焉若常膏之其天下輯睦豈惟敝邑

又襄公二十七年鄭七子從鄭伯享趙孟于垂隴子西賦黍苗之四章趙孟曰寡君在武何能焉

隰桑 四章

孝經子曰君子之事君進思盡忠退思補過將順其美而匡救其失故上下能相親也詩云云 引詩本章

其葉有難

御覽其葉有儺

既見君子德音孔膠

韓詩外傳曰習之于人微而著深而固是暢于筋骨貞于膠漆是以君子務爲學也詩云云

心乎愛矣遐不謂矣

孔安國曰遐不謂言謂之也君子心誠愛其上則遠乎豈不以美事語之也 孝經孔氏傳引詩

鄭康成曰瑕不謂矣瑕之言胡也謂猶告也 禮記引詩注

李德裕曰此古之賢人所以篤于事君者也 舊唐書本傳引詩

中心藏之何日忘之

孔安國曰君子忠心實善則何能忘謂其上乎言每欲語之也 孝經傳

坊記子曰事君欲諫不欲陳詩云云

陸德明曰中本亦作忠 孝經釋文

左傳襄公二十七年鄭伯享趙孟子產賦隰桑趙孟

曰武請受其卒章杜注欲子產之見規誨

〔白華〕八章

漢書注曰周人刺幽王黜申后也班婕妤傳　皇甫謐曰幽王三年納褒姒八年立以為后　史記幽王三年嬖褒姒生子伯服鄭忠允曰周廢幽后而殞于戎衛黜莊姜而僭于狄詳錄諸篇以著禍敗之原也

顏師古曰幽王惑於褒姒而黜申后故國人作此詩以刺之漢書谷永傳註

白華菅兮白茅束兮

王肅曰白茅束白華以興夫婦之道宜以端成絜白相申束然後成室家也正義　華希濂曰史記申后廢宜臼出奔申笙詩白華孝子之潔白也白華以比宜臼白茅束兮以比母子屬毛離裏維縶之情乃遭黜遠奔于申而使我獨也

毛詩題綱曰白華野菅草也其性柔韌堪用取此白華

而將白茅束之喻申后被褒姒所代惡人蒙美好人見棄也御覽九百九十六

英英白雲

韓詩〔泱泱〕白雲釋文　璈按說文泱滃也滃雲氣起也滃溢蟬聯字泱轉為溢盔山澤之雲上隮為雲密則成雨薄則成露泱泱則雲氣升起之狀也

李周翰曰泱泱雲貌文選射雉賦　璈按善注引毛詩英與泱通則賦所用泱泱字周韓詩耳

白帖英英白〔露〕〔霑〕彼菅茅廣韻霙霙白雲貌

天步艱難之子不猶

王肅曰天〔行〕艱難使下國化之以倡為不可也正義

侯苞曰天行艱難于我身不我可也韓詩翼要正義引　璈按釋言猷肯可也猶同猷侯氏蓋依雅訓與鄭異矣

北史魏正光二年獲秃鶖鳥于宮內崔光云此即詩

有鶖在梁

說文曰悑悑恨怒也引詩

韓詩曰視我〔悑〕〔悑〕悑悑意不悅好也釋文琳按廣雅悑悆也同韓義

視我邁邁

考文念子〔懆〕〔懆〕

許慎曰懆懆愁不安也說文引詩釋文安作申

念子懆懆

顏師古曰言若有于中必形于外也漢書東方朔傳引詩注

言事不能匿之也詩云〔鐘〕鼓于中聲聞于外

韓詩外傳曰溫良在中則眉睫著之矣疵瑕在中則眉

鼓鐘于宮聲聞于外

議行曰三隅竈如今之風爐缺其上口為三角以受風大小隨所為之形車括可播帶改說文謂之行竈

陸德明曰烓[illegible]也郭璞云三隅竈說文云行竈也釋文郝

許慎曰烘燎也說文引詩

卬烘于煁

桑薪曰燎纏夫所取燔取燔蘊念之而勞心正義

嘯歌傷懷念彼碩人

說文滮〔淲〕北流步長安志出長安西北二十里寰宇記滮水本詩聖女泉又名高都水

矣鄭康成曰豐鎬之間水北流也水經注渭水畢沅曰括地志周十五

西而北流入于鄗毛詩云滮流浸也而申傳以為水名

酈道元曰鄗水又自北流西北注與滮池合水出鄗池

滮池北流

所謂有鶖在梁解云禿鶖也貪惡之鳥野澤所育不應入于殿庭　魏書本傳同

有扁斯石

鄭衆曰上車所登之石　周禮注引詩　惠士奇曰淮南子周公踐東宮履乘石注人君升車有乘石一名踐石

緜蠻　三章

王符曰行人病而緜蠻諷　潛夫論班爵篇　魏源曰王氏以此爲行役之作意謂鳥有安止而行人無休息之時故思得飲食教誨之也

緜蠻黃鳥

薛君曰緜蠻文貌　文選景福殿賦注　周秉衷曰黃鳥即倉庚以謂之鸝黃其色黧黑而黄以名又詩家有金衣之稱薛以文貌釋緜蠻者得之

禮記緡蠻黃鳥

飲之食之教之誨之

荀子曰不富無以養民情不教無以理民性故家五畝宅百畝田勿奪其時所以富之也立大學設庠序修六禮明十教所以道之也詩云云王事具矣　大略篇

董仲舒曰先飲食而後教誨謂治人也　春秋繁露仁義篇引詩

甄琛曰古之王者世有其民或水火以濟其用或巢宇以誨其居或教農以去其飢或訓衣以除其弊皆所以撫覆導養爲之求利者也詩云云　魏書本傳

瓠葉　四章

杜預曰古人不以微薄廢禮也　左傳注　錢大昕曰據後漢書詩乃饗射之樂

幡幡瓠葉

周南正義番番瓠葉

觱沸檻泉

說文觱沸濫泉　繫傳滭沸濫泉

言采其芹

王肅曰泉水有芹而人得采焉王者有道而諸侯法焉正義

載驂載駟

陸德明曰騑馬曰驂釋文

君子所屆

晏子春秋君子所誡晏子翟王子羨臣于景公以重駕嬖人嬰子說之晏子曰詩云載驂載駟君子所誡夫八駕非制也今又重此其為非制也不滋甚乎用馬數倍淫于耳目不當民務此聖王之所禁也

彼交匪紓

荀子曰君子不傲不隱不瞽謹順其身詩曰匪交匪紓

天子所予勸學篇　按此引彼交作匪交與漢志引匪傲匪傲同

樂只君子殿天子之邦

杜預曰殿鎮也謂諸侯有樂美之德可以鎮撫天子之邦左傳襄公十一年注

平平左右亦是率從

荀子曰分不亂于上能不窮于下治辨之極也詩云云言上下之交不相亂也儒效篇引詩

韓詩曰便便左右便便閒雅之貌釋文

服虔曰平平辨治不絕之貌正義引左傳注

杜預曰便蕃數也言遠人相帥來服從便蕃然在左右左傳注　璥按左右荀子以上下言則右上而左下也韓詩以威儀言則左右為侍御僕從也此則以君之左

之衰
也

何人不矜

韓詩何人不鰥詩攷黃氏云　顧炎武曰但有妻而于役在外者亦爲鰥有夫而獨守在家者亦爲寡陳琳詩邊城多健少内舍多寡婦也

匪兕匪虎率彼曠野

裴駰曰率循也言非兕虎而循曠野也史記孔子世家引詩集解

家語孔子阨于陳蔡絕粮七日召子路而問曰詩云匪兕匪虎率彼曠野吾道非耶奚爲至于此

魚藻之什十四篇六十二章